LA PRISIONERA DEL DRAGÓN

La serie de El libro del Clan–Libro-1

Por: Lea Larsen

Índice:

Capítulo Uno

Este definitivamente no era su tipo de ambiente.

Alana Morgan se sentó en el bar mientras decenas de borrachos y personas sudorosas se apretujaban a su alrededor. Girando y mezclándose al ritmo de esa típica y aburrida música de club nocturno, con molestos ritmos monótonos que hacían imposible que alguien pudiera siquiera escuchar sus propios pensamientos, ni hablar de poder conversar normalmente.

Alana sabía que no fue buena idea haber ido al club, pero ella no tenía nada mejor que hacer. Estaba cansada de pasar todas las noches sentada sin hacer nada en su cuarto mientras las otras muchachas que vivían en el mismo piso, e incluso su compañera de habitación, salían a pasarla bien en el pueblo. Ella estaba cansada de solo leer libros o ver películas mientras comía falafel en un triste y solitario envase de comida para llevar.

Así que, cuando su compañera de cuarto dijo que era el cumpleaños de una amiga, y un grupo de ellas iba a un club llamado La Guarida del Dragón, Alana le preguntó si podía acompañarlas. Ahora, como era de esperar, su compañera de cuarto la había abandonado para irse a bailar con un chico de aspecto algo descuidado, que conoció en el bar. Las otras chicas con las que habían venido habían hecho lo mismo. Y Alana, ahora, se encontraba sentada en el bar. Sola.

De haber sabido que de todos modos se iba a sentir tan sola, habría tomado la decisión de quedarse en el dormitorio, ya que, pensándolo bien, al menos allí tenía falafel y sus fieles libros de fantasía para consolarla. Aquí, no había nada. Nada más que extraños mirándola de forma bastante incómoda y la ocasional mirada de algún borracho del otro lado de la barra, tratando de ser un Don Juan.

Dos de los tipos típicos que frecuentan esos bares se habían ofrecido a comprarle una bebida y uno de ellos la invito a bailar. Ella rechazó todas y cada una de las ofertas.

Honestamente, sabía que debía, como mínimo, hacer un esfuerzo por pasarla bien. Sin embargo, todos los hombres que parecían interesados en ella le dieron un aire de ser violadores empedernidos. Sin mencionar que ninguno de ellos era lo que ella consideraría un hombre atractivo.

Todos los hombres que se habían acercado a ella eran del tipo de hombres que usan pantalones holgados, como cantantes de Rap, o usaban lo que Alana llamaba "el peinado clásico de asesino en serie".

No es que no hubiera chicos guapos en este club. A decir verdad, llevaba casi una hora mirando al atlético pelirrojo que estaba sentado en la barra. Esperando que él pudiera captar su mirada y acercarse a ella.

Desafortunadamente, el parecía más interesado en ver a su compañero fracasar en sus intentos de cortejar a un par de muchachas que parecian, al menos al criterio de Alana, como dos súpermodelos.

Ella vio a al pelirrojo sonreír levemente cuando su amigo, un chico bajo y delgado con cabello largo y castaño, fue rechazado por un par de (lo que Alana supuso que eran) hermanas gemelas rubias.

Ella no pudo reírse por los graciosos intentos del chico de cabello castaño. Claramente, él no sabía que las chicas que trataba, tan desesperadamente, de conquistar estaban muy fuera de su liga.

Alana pudo inferir que esa era la razón por la que los tipos de aspecto desagradable iban por ella en lugar de por las que parecían supermodelos de catálogos de ropa interior. Seguramente, ellos asumían que Alana era un objetivo más accesible, una apuesta más segura.

No es que ella no fuera una muchacha con cierto atractivo. Su cuerpo estaba bien proporcionado, de estatura media, y sus brillantes ojos azules le valieron muchos cumplidos en el pasado. Pero, había algunas pecas aún en su nariz (incluso a la edad de diecinueve años) y todavía tenía una pequeña pizca de grasa, de cuando era niña, en sus mejillas, transmitía una vibración, más de ser una chica común que una despampanante modelo secreta de Victoria's Secrets.

Y, en su limitada experiencia en clubes como este, los tipos no van detrás de la chica más sexy del lugar. Van detrás de la chica más guapa con la que crean poder tener una oportunidad.

Pero, los hombres como el pelirrojo, con su estilizado corte de cabello, sus rasgos, que parecían casi cincelados en su rostro y sus abdominales bien definidos, que se mostraban muy bien debajo de su ajustadísima camisa blanca, podían conseguir a cualquier chica que quisieran. Alana estaba segura de que, si lo intentaba, podría tener comiendo de la palma de su mano a las chicas que su pequeño amigo trataba en vano de conquistar. A pesar de eso, parecía completamente desinteresado.

Alana no podía evitar estar intrigada por eso. Tomó un sorbo del trago "Confort Sureño" que había pedido y se inclinó para detallarlo un poco más de cerca. Cuando él volvió sus ojos hacia ella, pudo sentir como un rubor avergonzado subía rápidamente por su rostro. Su mente comenzó a buscar frenéticamente otros sitios para fijar disimuladamente su mirada. Sitios que hicieran parecer que ella no lo estaba mirando.

Entonces él le sonrió. Su corazón comenzó a latir con fuerza en su pecho mientras él levantaba su bebida en dirección a ella, en señal de saludo. Ella sintió que se aceleraba incluso más, mientras lo veía levantarse de su taburete y caminar alrededor de la barra hacia donde ella estaba sentada.

Cuando él se detuvo frente a ella, se dio cuenta que apenas podía respirar.

"Hola", dijo en voz alta para poder hacerse escuchar sobre la música. "¿Puedo comprarte otro?"

Ella miró su hipnótica sonrisa e hizo todo lo posible por sonreírle mientras se aclaraba la garganta.

"Claro," logró tartamudear.

"¿Qué estás bebiendo?" Preguntó. Podía escuchar un acento galés en su voz. Lo cual no era inusual, ya que estaban en Gales. Pero, en una nación tan pequeña y con la Universidad de Cardiff tan cerca, era común escuchar todo tipo de acentos en clubes nocturnos como este.

"Confort Sureño", dijo ella. Él le regalo una juguetona risa.

"Tiene sentido", dijo.

"¿Por qué?" Preguntó ella, intrigada.

"Bueno, eres estadounidense, ¿verdad?", Preguntó.

"¿Cómo lo adivinaste?" Preguntó sarcásticamente. Estaba acostumbrada a que le preguntaran por su acento. Normalmente eran tipos desagradables que le decían que debía ser sumamente sensual tener tantas personas interesadas en saber si era verdad o no que en América todo el mundo tenía un arma. Aparentemente los británicos sentían una gran fascinación por el país de origen de Alana.

"Supongo que tengo buen oído para ese tipo de cosas", dijo de forma tajante. Luego, se volvió hacia la barra y le hizo una señal al camarero. Mientras el pedía otra bebida, Alana no podía evitar mirarlo un poco más para detallarlo mejor.

Era alto. Al menos unos centímetros por encima del resto del resto de las personas en el club. Su impactante cabello rojo y su cuerpo bien tonificado lo hacían sobresalir sobre el resto de los hombres. Y, mientras lo observaba desde el bar, Alana captó una hermosa vista de su retaguardia. Esa imagen era algo más impresionante.

De repente sintió ese rubor recorrerla de nuevo cuando una sensación se apoderó de ella, una sensación que no había experimentado en mucho tiempo.

El barman deslizó la bebida a través de la barra hacia el hombre pelirrojo quien la atrapó hábilmente. Se volvió hacia Alana y le regaló una sonrisa que hizo que ella se derritiera de adentro hacia fuera, lentamente, como el chocolate en medio de un “s'more”.

Tragó saliva e hizo todo lo posible por sonreírle de la manera casual y segura que había visto a otras chicas en el bar, cuando les sonreían pícaramente a los hombres. Al final, tuvo miedo de que sus intentos se vieran un poco patéticos. Y si llegaron a verse así, el pelirrojo no pareció alterarse.

"Dime" Dijo con voz llena de confianza. "¿Cómo es que una buena chica americana como tú termina en un sucio club en Gales?"

"¿En serio?" Ella no pudo evitar preguntar, con algo de decepción en su voz. "¿Esa es tu línea para buscarme conversación?"

"¿Quién dijo algo sobre una línea?", Preguntó. "Tal vez realmente quiero saber".

"Supongo que es por eso que los chicos compran bebidas para las chicas, ¿verdad?", Preguntó con sarcasmo. "¿Porque quieren conocerlas?"

Tal vez ella estaba teniendo una posición demasiado a la defensiva. Pero, una parte horrible, en el fondo de su mente, la mantenía a la expectativa de algún tipo de trampa. Chicos tan guapos como este sencillamente no se acercaban a ella. Se encontraba totalmente perdida sobre cómo debía comportarse y, cuando esa incertidumbre tomó toda su mente, estar en actitud defensiva se convirtió en su comportamiento por defecto.

El pelirrojo la sorprendió una vez más, al reírse en lugar de ponerse a la defensiva por su actitud.

"Está bien", dijo, con una nota inocultable de diversión en su voz. "Me atrapaste con eso. Y, ya que mi línea no funcionó. ¿Qué tal si empezamos con nombres? Soy Llewelyn. Puedes llamarme Lew."

"Alana", dijo ella simplemente.

"Alana", hizo eco el nombre al salir de otra sonrisa que causó la sensación en Alana de que estaba fundiéndose por dentro. "Encantada de conocerte."

Con lo que ella esperaba era una sonrisa reservada, se dio la vuelta un poco para mirar hacia la parra mientras bebía la bebida que él le había dado. Es cierto que, como era su segundo trago, su cabeza comenzaba a sentirse agradablemente mareada.

"Ahora que tenemos las formalidades fuera del camino", dijo. "Tal vez estés mas dispuesta a responder mi siguiente pregunta".

"¿La de cómo terminé aquí, en este sitio?", Preguntó. "No es muy interesante".

"Lo dudo", dijo sonriendo.

"Estoy estudiando en la universidad de Cardiff", dijo. "Algunas de las chicas de mi dormitorio venían aquí esta noche y decidí ir con ellas".

Al parecer, su intento de ocultar en su voz el arrepentimiento de haber salido había fracasado estrepitosamente. Porque la sonrisa del atractivo pelirrojo se atenuó un poco, siendo antesala al movimiento con que él se acercó un poco más a ella.

"Supongo que esta no fue tu primera opción para pasar la noche", dijo.

"Para ser honesta, realmente pensé que sería buena idea salir ", dijo Alana. "Pero resulta que preferiría mil veces estar de vuelta en mi habitación releyendo *La comunidad del anillo*".

"Trataré de no tomarlo como algo personal", dijo.

"No", le dijo ella. "No eres tú. Simplemente no soy muy social”.

"A decir verdad, yo tampoco", dijo. "Todo esto fue idea de mi hermano".

Lew apunto con su cabeza hacia el pequeño hombre de cabello castaño que estaba al otro lado de la barra y que estaba ocupado en otro intento fútil de conquistar otra chica. Esta vez, era una muchacha de aspecto elegante con cabello largo y oscuro y un puchero permanente en sus labios.

"Yo tampoco daría una negativa a la idea de estar acurrucado en este momento en mi cama leyendo algo de Tolkien ", dijo.

Alana trató de ignorar el rubor que recorrió su rostro y pecho apenas cruzo por su cabeza la idea de ese hombre en la cama. En cambio, ella trató de concentrarse en la segunda parte de su comentario. Sin embargo, tratar de concentrarse en algo se estaba volviendo cada vez más difícil. Su cabeza se sentía más dispersa por el momento y el mundo a su alrededor se había vuelto un poco borroso.

"Jamás me hubiera imaginado que eras un fanático de Tolkien", dijo ella, tratando de alejar la sensación cada vez más confusa.

"Nunca juzgues un libro por su portada", bromeó pícaramente.

Continuaron hablando de la trilogía de Tolkien, así como de varios otros libros de fantasía que Alana había leído últimamente. Se sorprendió al enterarse de que Lew había leído algunos de ellos y aquellos que no había leído aun, él parecía muy interesado en conocerlos. Alana estaba comenzando a convencerse de que estaba cayendo enamorada de él.

Aun así, no podía estar segura de si esa sensación de caer era debido al encanto de Lewellyn o era que el alcohol causaba esa sensación de ir literalmente cayendo al vacio.

Aunque, en realidad, estaba segura de que nunca se había sentido tan mareada y confusa después de solo dos tragos.

Para cuando el hermano de Lew se dirigió a ellos, Alana podía mantenerse de pie a duras penas. Pero ella estaba lo suficientemente consciente como para captar las palabras que Lew y su hermano estaban intercambiando.

"¿Qué estás haciendo?", Preguntó el hermano de Lew gesticulando airadamente hacia Alana.

"¿Qué parece que estoy haciendo?", Dijo Lew en voz baja.

"Solo... por favor, dime que no la has marcado", dijo el hermano, con un tono de voz cargado de desespero. Alana entrecerró los ojos mientras trataba de moverse hacia los hermanos. Ahora estaba segura de que lo que estaba sintiendo no era una embriaguez normal. Además, ella necesitaba saber exactamente qué significaba "marcado".

"¿Qué...qué...?" Sintió que sus piernas se colapsaban debajo de ella, incapaces de coordinar sus movimientos, mientras agarraba del brazo de Lew desesperada por encontrar un punto de apoyo. Entonces el giró su mirada hacia ella para verla directamente a los ojos.

"Alana, sólo mantente concentrada en mí", dijo apresurado. "Todo va a estar bien. Lo prometo."

Alana no estaba en condiciones de contradecir lo que le ordenaban. Ella mantuvo sus ojos fijos completamente en los de él. Mientras lo hacía, sus ojos verdes se posaron en ella y, a pesar de la broma que le estaba creando fuertes mareos, ella estaba segura de que podía ver algo diferente detrás de esos ojos verdes, algo intrigante en ellos.

Cuanto más fijaba su mirada en esos ojos, más parecían parpadear velozmente, podría jurar que el iris se movía de lugar. Como las escamas de un gran animal.

Esos inquietos y extraños ojos fueron las dos últimas cosas que vio antes de que el mundo a su alrededor se desvaneciera en esa bruma, alejándose de su vista y sumiendo su consciencia en la más profunda oscuridad.

CAPÍTULO DOS

“Un Arefol! ¡Trajo un Arefol a nuestro Cartref!

Alana oía voces resonando encima de ella. Su cabeza estaba recostada sobre algo blando. Una almohada. Y podía sentir las suaves sábanas alrededor de su cuerpo. Claramente, la habían llevado a algún lugar distinto que el club nocturno.

La voz que había hablado era una que ella reconoció, pero a duras penas. La siguiente voz era mucho más familiar.

"Los textos no especificaban que la chica necesitaba ser una Draig", dijo. "Tampoco nuestro Padre nos lo dijo antes de morir. Todo lo que dijo fue que necesitábamos encontrar una chica. Dos si es posible. Y, ahora, hemos encontrado una".

Alana mantuvo sus ojos cerrados con la esperanza de que, mientras sus captores pensaran que ella estaba inconsciente, hablarían con libertad de sus planes con ella. Ella había sido secuestrada, eso estaba claro. Pero, todavía no tenía la mas mínima idea de por qué. Y, lo que es más, no tenía idea de lo que significaban estas extrañas palabras que estaban usando.

Pudo concluir que, por como sonaban, las palabras, Arefol, Cartref, eran galesas. Se había familiarizado bastante con el idioma después de seis meses de estudiar en esa nación. Por lo menos, ella lo sabía cuando las escuchaba. Pero, no tenía idea de lo que significaban. O lo que tenían que ver con ella.

"De todos modos", dijo una nueva voz femenina. “Ahora que la muchacha está aquí, no podemos permitir que salga. Si lo hiciera, corremos el riesgo de que nos exponga o algo peor”. Esta voz era grave, clara y autoritaria. Claramente, esa mujer era la líder de ese grupo.

La primera voz, que Alana pudo identificar que pertenecía al hermano de Lew, lanzaba maldiciones al aire.

"No todo está perdido, Owain", dijo la mujer. "Hemos necesitado una consorte para los hombres del clan durante muchos años. En estos días hay pocas mujeres para ellos. Las elegibles ya han sido seleccionadas para aparearse. Nuestros jóvenes necesitan a alguien para expresar sus... urgentes deseos, así que con una muchacha Arefol bastará.

Alana pudo sentir como su sangre se helaba. Aunque todavía no tenía idea de lo que significaba Arefol o qué o quienes eran el clan, ahora estaba claro qué querían hacer con ella. Querían convertirla en una esclava sexual. Un esclava sexual para algún...culto...raro.

Luchó, desesperadamente contra el impulso natural de abrir los ojos, levantarse de la cama de un salto y tratar de salir corriendo de..., de donde sea que la tuvieran retenida. Se dio cuenta de que tenía que salir de ese atolladero. Y, si iba a hacerlo, tendría que averiguar todo lo que pudiera. Sobre quiénes eran estas personas, dónde estaba ella y qué planeaban hacer exactamente.

"Esa no es la única opción", dijo Lew con firmeza.

"Conocemos tu teoría, Lew", interrumpió Owain. "No..."

"Deja que tu hermano hable, Owain", dijo la mujer con firmeza en la voz. "Recuerda, ahora que tu padre ha fallecido, Lewellyn se convertirá en el líder del clan".

Incluso con los ojos cerrados, Alana podía sentir la tensión en el silencio que se formaba entre las tres personas que hablaban por encima de ella.

"Sí, madre", dijo finalmente Owain. Sin embargo, había una nota bastante definida de resentimiento en su voz.

"La niña es virgen, estoy segura", dijo Lew. Alana sintió que la sangre corría hacia su cara, encendiendo sus mejillas y orejas en un rojo cual brasa, y rezó para que su rubor no se notara. Cómo Lew podía saber tantos detalles de su vida sexual (o ausencia de ella) estaba más allá de su comprensión.

"Los textos indican que el líder del clan puede elegir una muchacha virgen para ser su compañera. No se especifica en ninguna parte si esa chica debe ser una Draig o una Arefol".

"Nadie en el clan se ha apareado con un Arefol", dijo Owain. "Sería casi una blasfemia que el líder del clan lo haga".

"¿Por qué?" Lew preguntó agriamente. "Los textos no dicen nada al respecto"

"¡Piénsalo, Lew!", Dijo Owain. "Es posible que los niños nacidos de una unión de Arefol y Draig ni siquiera puedan sobrevivir. Y si lo hacen, nadie sabe qué habilidades tendrán, si es que siquiera llegasen a tenerlas".

"Entonces, ¿la opción es continuar casándonos con nuestros familiares dentro del clan?", Preguntó Lew. "¿Seguir casándonos con primos hasta que nuestro linaje se degenere y nuestra gente muera por completo? Ya tenemos escasez de mujeres. Se necesita sangre nueva...

"¡Pero no sangre nueva de Arefol!", Insistió Owain.

"¡Basta!" Insistió su madre. Los chicos dejaron de pelear de inmediato.

"Todavía quedan cuatro semanas hasta la coronación de Lewellyn. Vamos a mantener a la muchacha aquí con nosotros hasta entonces. El día de la luna llena, él decidirá cuál es el mejor modo de proceder".

—Pero madre... —empezó a decir Owain.

"Él será el líder del clan", dijo la Madre. "Es su decisión. Solo espero que lo consideres con cuidado, Lewellyn. Hay mucho en juego, como para que nuestra familia apueste todo nuestro futuro debido a tu pasión por una niña bonita".

Hubo un breve silencio. No era tan pesado como el que lo precedió, pero todavía está lleno de significado, las palabras de la madre resonaban en la mente de ambos hermanos.

"Por supuesto, madre", dijo Llewellyn.

"Eso está resuelto entonces", dijo la madre. "Owain y yo te dejaremos solo ahora".

Alana escuchó detalladamente los pasos mientras la madre y Owain se alejaban de su cama. Un chasquido revelador de la puerta le dijo que habían abandonado la habitación.

Ahora que se habían ido, Alana se arriesgó y abrió los ojos. Cuando lo hizo, pudo observar esos ojos verdes mirándola fijamente. Se veían tan encendidos y vivos como los tenía en el club nocturno. Justo antes de que ella cayera al suelo pegajoso del local.

"¿Dónde estoy?" Preguntó Alana.

"Estas a salvo. Eso es todo lo que necesitas saber ", dijo. "Por el momento".

"¿Por qué me trajiste aquí?", Preguntó con voz inquisidora, enmascarando sus miedos.

"Es complicado", le dijo a ella. "Y no estás en las mejores condiciones de poder comprender la situación, no por el momento".

"Cierto", respondió Alana con sarcasmo y llena de ira. "Supongo que tener una cita que termina con beber una droga de violación te hace ese tipo de cosas".

Ahora, cuando el miedo se estaba disipando, una oleada de ira comenzó a elevarse hasta su pecho y se mezclaba con los latidos de ansiedad de su corazón.

"Lo siento, no tuve otra opción que engañarte", dijo. Aunque sonaba genuino, Alana se obligó a no sentirse conmovida. Sus brazos permanecieron cruzados sobre su pecho marcando una fría distancia entre ellos y sus ojos se enfocaron en él mirándolo sombríamente, llenos de reproches.

"Créeme, no lo hubiera hecho ni en un millón de años de haber existido otra manera", dijo.

“¿Otra forma de hacer qué, exactamente?” Preguntó Alana. Mantuvo la fiereza en su tono de voz mientras revisaba y analizaba el contenido de la habitación en la que estaba. Era gigantesca bajo cualquier estándar. Parecía más un apartamento que un simple cuarto. Podía ver un toldo sobre su cama, un armario a su derecha. Había un cómodo sofá justo debajo de una ventana alta y grande. Y, justo al lado de eso, lo que parecía ser su único medio de escape. Una puerta.

"Como venía diciendo", le dijo Lew a ella. "Te lo explicaré tan pronto como sea debido. Por ahora, debes quedarte tranquila en esta habitación.

"¡Al diablo con eso!" Dijo ella. "No puedes obligarme a quedarme aquí. La gente se dará cuenta si desaparezco por mucho tiempo...

"Ambos sabemos que eso es mentira", dijo Llewellyn. Alana sintió que su rostro palidecía por la sorpresa. Quería preguntarle cómo lo sabía. Cómo él podía saber que ella estaba mintiendo. Pero, tenía la sensación de que él había conseguido esos conocimientos de la misma manera que descubrió que ella era virgen.

Claramente, él sabía sobre su pasado. Sabía que sus padres habían muerto en un accidente automovilístico hacía cinco años. Sabía que la tía y el tío con los que había ido a vivir en Londres tenían poco tiempo para ella y no le prestaban atención. Sabía que aún no tenía amigos en la universidad.

Él estaba en lo cierto. Nadie se daría cuenta o le importaría si desaparecía de la faz de la tierra en ese preciso instante.

Dejó que ese pensamiento deprimente se hundiera antes de enderezarse y probar otra táctica y así obtener información.

"¿Al menos me dirás por qué no se me permitirá salir de esta habitación?",

Preguntó ella cruzando los brazos sobre su pecho. Lewellyn dejó escapar otro suspiro y puso la mano en el poste de la cama cuando se volvió hacia ella.

"Por ahora, basta con decir que hay... algunos individuos en este lugar que no serán tan amables contigo si sales sola".

Él la miró con una expresión que era bastante seria. Cuando sus ojos miraron los de ella, fue como si el hecho de que ella se quedara resguardada, en esa habitación, era una cuestión de vida o muerte. La expresión provocó ráfagas de miedo que sacudieron las extremidades de Alana mientras sentía que su corazón latía con un frenético y veloz ritmo.

"¿Qué tipo de individuos?", Preguntó en voz baja y dubitativa.

"Ya verás, eventualmente", respondió. "Por ahora, por favor descansa un poco".

Ella lo miró por un largo rato, sus brazos aún se mantenían cruzados antes de llegar a la conclusión que ahora, cuando estaba sola con Lew, era su mejor oportunidad para salir de la habitación. Para ver lo que realmente estaba pasando.

"¿Y qué pasa si quiero ver ahora?", Preguntó.

Antes de que él pudiera decir algo más, ella se levantó de la cama y marchó con gran seguridad hacia la puerta. Apenas había caminado unos metros antes de que una mano suave pero firme la agarrara de la muñeca y la jalara de vuelta.

Cuando volvió a mirar a Lewellyn, sus ojos estaban desesperados, casi temerosos, sin saber si el temor era por él... o por ella. Eso hizo que su corazón latiera aún más rápido.

"Alana, por favor", dijo. "Debes prometerme que nunca saldrás sola".

"¿Qué me pasará si lo hago?", Preguntó en voz baja.

"Sólo prométemelo".

Sus dos manos estaban agarradas a las de ella ahora y la expresión suplicante en su rostro era más que palpable, demasiado honesta.

"Bien", dijo a regañadientes. "Lo prometo."

"Bien", respondió él con un suspiro de alivio. La llevó de vuelta a la cama y la acostó debajo de las sábanas. Cuando él movió las mantas a su alrededor, se dio cuenta de que era la primera vez en mucho tiempo que alguien había tenido la delicadeza de acostarla, tal como hacían su padres, tal como haría un familiar amoroso.

Cuando su cálida mano rozó su hombro, un estremecimiento palpable y agradable recorrió su cuerpo. Eso, ciertamente, nunca había sucedido cuando sus padres solían acostarla.

"En la mañana te traerán el desayuno", dijo. "Así como algo de ropa nueva".

Ella lo miró y trató de hablar, pero ninguna palabra parecía poder articularse en su boca. En su lugar, asintió para dar a entender su comprensión la propuesta. Y él casi se alegró de ver su expresión suavizarse cuando lo hizo.

Alana contuvo el aliento cuando Lewellyn se inclinó sobre ella, se aproximo a su rostro y le dio un suave y duradero beso en la frente.

"Buenas noches, Alana", susurró, apartándose.

Ella también trató de decir buenas noches, trató de expresar algún tipo cortesía o gesto amable. Pero, cuando miró sus ojos verdes, descubrió que, una vez más, las palabras la abandonaron. En cambio, ella asintió una vez más.

Él se alejo de la cama, manteniendo sus ojos fijos en ella hasta que llegó a la puerta de la habitación y apagó la luz.

Cuando Alana se durmió, descubrió que los últimos pensamientos que tenía eran para Llewellyn y el beso que aún ardía en su frente como una marca.

Capítulo Tres

Cuando se despertó esa mañana, tal como le habían prometido, el desayuno estaba listo para ella junto a su cama. Dos huevos algo duros, salchichas, frijoles al horno, tomate frito y tostadas, junto con un café. Era un desayuno más pesado de lo que ella se había atrevido a comer la mañana anterior. Pero tuvo la sensación de que estas personas, quienesquiera que fueran, eran muy tradicionales. Y esto era lo que llamaban un desayuno galés completo tradicional.

Mientras ponía los pies en el suelo y trataba de agarrar un pan tostado, un pequeño trozo de papel llamó su atención. Lo agarró y lo desdobló para encontrar una nota con una letra cursiva ordenada.

Alana, - comenzaba-.

Espero que te estés sintiendo mejor esta mañana. Hay ropa limpia para ti en el armario, el baño esta en el cuarto al lado derecho de la cama. Ahí tendrás una ducha y una tina para que puedas asearte con comodidad. Además, coloqué un pequeño regalo para ti en el estante de libros al lado de la ventana, piensa en ello como mi manera de decir "Discúlpame". Espero con ansias verte pronto.

-Lew

Tras leer la nota, Alana aún trataba de estar enojada con él. ¿Cómo podría no estar enojada con un hombre que le había colocado Rohypnol en su trago y la había secuestrado? Pero cuando ella miró hacia abajo a este deliciosamente oloroso desayuno y pensó en toda la molestia que él, obviamente, tuvo que haber pasado para poder conseguirle ropa limpia e incluso dejarle un regalo, cada vez era más difícil mantenerse enojada.

El regalo despertó su curiosidad más que cualquier otra cosa. Dejando su tostada en el plato y colocando sus pies en el piso, se dirigió hacia la estantería. Allí, no pudo evitar la sonrisa venidera que cruzaría su rostro.

La gran estructura, con cuatro estantes llenos de libros antiguos y bellamente encuadernados, parecía contener cada volumen que había mencionado a Lewellyn la noche anterior. La biblioteca completa de Tolkien estaba allí, al igual que la C.S. Lewis, JK Rowling, Neil Gaiman y algunos otros autores que ella aun no conocía pero que parecían prometedores.

Se vistió y se aseo tan rápido como pudo. La ropa era tan impresionante como lo habían sido los libros, aunque llamaban menos la atención de Alana. Vestidos de diferentes longitudes, hechos de seda fina y hermoso lino, colgaban elegantemente en su armario.

Ella escogió el más simple que vio, un vestido azul pálido.

Una vez que estuvo vestida, corrió hacia los libros e inmediatamente seleccionó uno de los más nuevos que estaba ansiosa por leer. Se acomodó en el asiento de la ventana y, mirando hacia afuera, se distrajo de inmediato con un hermoso castillo de piedra en ruinas.

La torre todavía estaba intacta y se alzaba con sus piedras blancas puras brillando contra el sol de la mañana. El resto de la estructura era de color musgo y notablemente afectado por el paso del tiempo. Se parecía mucho al tipo de cosas que uno podría encontrar en una novela de fantasía y Alana se encontraba ansiosa por explorarla.

Pero entonces recordó la advertencia de Lewellyn.

La mirada llena de preocupación que había cruzado sus ojos la noche anterior. Ella sabía que, fuera lo que fuera lo que hubiera causado esa mirada, lo asustaba. Y, si un hombre tan duro como Lewellyn parecía estar temeroso de algo, lo más probable es que hubiera una buena razón para ello.

Entonces, hizo todo lo posible por ignorar el castillo para concentrarse en sus libros. No fue hasta poco antes del mediodía que el movimiento en el terreno debajo de ella, visible perfectamente desde la ventana, llamó su atención. Miró hacia abajo para ver que un pequeño grupo de jóvenes se dirigían hacia el castillo en ruinas. Y, lo que más le llamo la atención, los jóvenes estaban sin camisa.

Alana cedió a sus impulsos más básicos y dejó a un lado el libro que estaba leyendo, decidiendo en cambio, mirar a estos atléticos jóvenes.

Todos ellos eran musculosos. Algunos estaban bien bronceados, otros eran más pálidos. Todos parecían compartir un tatuaje rojo a juego estampado en sus espaldas. Desde la distancia, parecía una especie de gran serpiente.

Algunos tenían el pelo rubio, otros tenían el pelo oscuro. Solo había una cabeza de pelo rojo que resaltaba notablemente en el grupo. Esa cabellera le pertenecía a Lewellyn. Su torso era uno de los pálidos del grupo. Pero, aún así, el brillo de la luz del sol en su cuerpo musculoso causó una sensación de hormigueo en el pecho de Alana que estremeció directamente el núcleo de su ser.

Vio como los hombres se reunían en un círculo. Al parecer, realizando algún tipo de ritual. Apenas podía distinguir a Lewellyn cuando este comenzó a hablar con el grupo. Su curiosidad hizo que deseara desesperadamente poder oír las palabras que se decían.

Fue entonces cuando una idea le llego de golpe. Ella podría oír las palabras, solo tenía que acercarse lo suficiente. Después de todo, Lewellyn no le había prohibido abandonar la habitación por completo, solo le había prohibido dejar la habitación sola. Y el castillo estaba a solo unos pasos de la casa donde estaba su habitación y, una vez que llegara al castillo, ya no estaría sola. Lewellyn estaría allí.

Llena de valiente decisión, abrió la puerta de su cuarto y corrió por su derecha escaleras abajo. Cuando llegó a la puerta exterior, la abrió tan silenciosamente como pudo y se dirigió al exterior.

El sonido de unos cantos llenó el aire mientras Alana encontró un arbusto cerca del castillo lo suficientemente grande como para esconderse detrás. Desde allí, podía ver a los hombres a través de las piedras en ruinas mientras ellos cantaban esa extraña melodía.

Eran cantos en galés, ella lo sabía, aunque no podía distinguir las palabras. La melodía se sentía antigua, como si hubiera sido creada siglos antes.

De repente, las voces se detuvieron por completo. Ella observó cómo cada uno de los hombres cerraba los ojos, cada uno haciéndolo por turnos. Se agarraron de las manos y, al unísono, soltaron un gran grito que resonó a lo largo de los verdes acantilados que nos rodeaban.

Alana gritó y salto hacia atrás cuando los hombres que estaban delante de ella desaparecieron y fueron reemplazados por grandes dragones rojos.

Las criaturas, para quienes Alana aparentemente seguía pareciendo desapercibida, surcaron el cielo y comenzaron a elevarse elegantemente sobre el castillo en ruinas, los acantilados y los árboles.

Los pies de Alana se sentían como si estuvieran hechos de plomo. Pesados y congelados al piso donde ella estaba parada. Podía sentir su corazón latiendo fuertemente dentro de su pecho como si estuviera a punto de explotar. Mantuvo la vista fija en los dragones que giraban en círculos sobre el castillo y se quedó sin aliento cuando uno de ellos descendió en picada por el acantilado donde se encontraban la casa y el castillo.

Sin darse cuenta comenzó a mover sus pies, Alana salió apresuradamente de los arbustos y se dirigió hacia el lugar donde había desaparecido el dragón que había visto previamente.

Tan pronto como lo hizo, pudo ver por el rabillo del ojo otro dragón que llamó su atención. Cuando dirigió su mirada hacia el dragón, se dio cuenta de que este estaba volando directamente hacia ella. Tenía en su rostro una expresión casi humana, llena de malevolencia, con humo saliendo amenazadoramente de sus fosas nasales.

No había duda ahora. La criatura la había visto.

Capítulo Cuatro

Con otro grito, Alana se tiró al suelo. La adrenalina hizo que apenas sintiera la roca en la que había aterrizado que golpeó y le cortó la mejilla antes de volverse a incorporarse y comenzar a correr de nuevo.

Enormes garras se le acercaban, moviéndose sobre ella como las garras de un gato atrapando un ratón bajo su mirada.

Su estómago sintió un extraño vacio cuando sintió que se levantaba completamente del suelo. Ella estaba siendo atrapada. Sintió la gran garra del dragón debajo de ella, clavándose y cortándole la espalda mientras él dragón parecía agarrarla por completo con sus zarpas.

Miró hacia abajo mientras pasaban por encima de la gran mansión de campo donde ahora vivía y se elevaron a un lugar cerca de la parte trasera de la casa. Lejos del castillo y de las otras criaturas.

El primer instinto de Alana mientras yacía allí en las zarpas de este animal era pedir ayuda. Pero, su voz la había abandonado por el miedo. Y, además, no había nadie que la pudiera escuchar, excepto los otros dragones que había visto.

Cuando la bestia que la llevaba comenzó a frenar su vuelo, notó que estaban llegando al suelo. Cuando tocaron la hierba detrás de la gran mansión, se pudo sentir un gran golpe, Alana dejó salir un pequeño grito por la sorpresa cuando se liberó del agarre de la bestia y cayó sobre la hierba de abajo.

La criatura se apartó de ella y se movió a un lugar a pocos metros a la izquierda. Ella vio como cerraba los ojos y lentamente, comenzó a estremecerse. Un minuto después, vio a Lewellyn de pie ante ella, respirando pesadamente como si hubiera corrido una gran distancia, y agarrando el costado de su cuerpo.

Alana se quedó de pie, mirándolo fijamente, sin estar muy segura de qué decir. Todavía no estaba segura del todo de poder decir algo, incluso si lo intentara.

Finalmente, él la miró directamente. Él le dirigió una mirada sombría que ella nunca había visto en el, mientras caminaba, con un tenso semblante. Por primera vez, ella le tenía miedo.

Él la tomó por la muñeca pero no precisamente con suavidad, mientras la llevaba a la puerta trasera de la casa. Una vez dentro, la llevó del brazo hacia la escalera, pero, antes de subir, él la agarro por los hombros y la empujó bruscamente contra la pared.

"¿Qué demonios pensabas que estabas haciendo?", preguntó lleno de ira. Lewellyn podía sentir su corazón latiendo con fuerza. No estaba seguro si su taquicardia provenía del enojo, del miedo por el bienestar Alana, del dolor del cambio o de una extraña combinación de los tres.

"¿Qué-qué fue eso? ¿Qué son-?"

"Te das cuenta de que pudiste haber muerto", dijo Lew, ignorando los tartamudeos de Alana provenientes de su gran sorpresa. "Si alguien distinto a mí te hubiera visto primero, te habrían matado sin dudarlo en dos minutos o peor".

"¿Cómo puedes... puedes cambiar?", dijo Alana finalmente, sonando extrañamente triunfante por haber logrado ordenar una oración, aunque todavía sin aliento, "Yo... quiero decir que puedes cambiarte a..."

"En un dragón, sí", dijo Lewellyn a regañadientes, con matices ocultos de molestia en su voz.

"¿Cuándo pensabas contarme eso?" Preguntó Alana.

"Cuando estuvieras preparada.", dijo Lew. "No lo estas todavía. Debiste haber esperado."

"Si me hubieses dicho la verdad desde el principio, no habría tenido que esperar", dijo ella, con toda la firmeza que pudo acumular, aunque su voz aún sonaba algo trémola.

Él retiró sus manos de los hombros de la muchacha, para pasarse una mano por la cara, mirando alrededor de la escalera abandonada como si tuviera la esperanza desesperada de que alguien apareciera y le dijera qué debía hacer a continuación. A decir verdad, deseaba que su padre estuviera presente, que estuviera ahí con él para darle el consejo que tan desesperadamente necesitaba. Pero, él sabía que, debido a la ausencia de su padre, le correspondía a él tomar las decisiones más difíciles.

"¿Vas a decirme toda la verdad ahora?", preguntó Alana. Cuando Lewellyn se giró hacia ella, vio que el rostro de la muchacha se volvía osco mientras le recriminaba con una dura mirada. Esos bellos ojos azulados, generalmente tan anchos e inocentes ahora estaban llenos de una resolución firme. Ella, claramente, no aceptaría de él nada menos que toda la verdad.

"Sí", dijo Lew, cediendo finalmente, a regañadientes. Alana sintió que sus ojos se abrían de sorpresa. Ella estaba predispuesta a que el atractivo pelirrojo le mostrase mas pelea.

"Pero no aquí", dijo. Levantó una mano hacia la mejilla de la muchacha. Ella hizo una mueca de dolor cuando su pulgar pasó por un pequeño corte que le había regalado aquella roca irregular, cuando se había lanzado por primera vez al suelo evitando el vuelo de los dragones.

"Tendremos que echarle un vistazo a ese corte", dijo. "Volvamos a tu habitación. Te lo explicaré todo allí".

Alana se dejó guiar por Lew por aquella escalera oscura y sinuosa, de vuelta a su gran dormitorio. Lew abrió la puerta y colocó una mano en la parte baja de su espalda para guiarla hacia adentro. Ella se estremeció ante el calor de ese toque sobre su piel, atravesando la delgada tela de su vestido de verano como si no existiera.

Por su parte, Lew sintió una cantidad considerable de sangre moverse a través de él, reaccionando vivazmente, incluso al toque más pequeño de esta joven muchacha arefol. Estaba seguro de que ninguna draig había inspirado tales instintos en él como lo podía hacer Alana. De hecho, estaba seguro de que ninguna mujer, draig o no, había provocado que su cuerpo se estremeciera de esta manera.

Lo había sentido por primera vez cuando la captó con su vista en el bar. Podía recordar vívidamente el momento. Su largo cabello oscuro cayendo en sus ojos azules, la tentadora camiseta con cuello en V que lucía y mostraba un toque de escote sobre piel cremosa. Incluso la expresión ligeramente perdida que había tenido toda la noche, como si estuviera fuera de su elemento y buscando desesperadamente un camino de regreso a casa, todo eso invocaba a la bestia en él más que cualquier otra cosa que pudiera recordar.

Y ahora, mientras él la sentaba en el asiento de la ventana, la luz del sol brillaba en su cabello, el vestido azul pálido del sol hacía que su piel pálida brillara como si suplicara ser tocada, él sabía que esta chica era peligrosa. Él no podía hacerla suya, era consciente de ello. Pero, ¡oh, cómo quería!.

En lugar de dejarse llevar por ese impulso, encontró un pequeño trapo en uno de los armarios, lo frotó con alcohol y lo acerco a la mejilla de la muchacha.

"Esto va a doler un poco", advirtió.

Alana dejó escapar un pequeño quejido de dolor cuando el líquido tocó su piel, pero apretó sus dientes con firmeza hasta que él quitó la tela con alcohol por un momento.

"Entonces... ¿Me vas a decir que pasa?", Preguntó tan firmemente como pudo cuando él estaba tan cerca de ella. Su aliento casi le hacía cosquillas en la mejilla mientras él limpiaba la herida.

Su corazón casi sintió una leve decepción cuando él en lugar de acercarse mas, se alejó para sentarse y dejar escapar un suspiro. Poco a poco, comenzó su historia.

Lewellyn le confesó a Alana que los dragones de Gales no eran un mito sino un antiguo clan de la región. Fueron cazados hasta llegar al borde de la extinción en los primeros siglos de la era romana y, desde entonces, se habían comprometido con la idea de vivir en secreto.

"Entonces, ¿hay más de ustedes?" Preguntó Alana.

"Sí", dijo Lewellyn. "Pero, ahora no somos muchos. Hay dos pueblos más pequeños de Draig cerca de Snowdonia. Y hay una pequeña comunidad en Cardiff. Es por eso que mi hermano y yo fuimos al club nocturno anoche. Estábamos...buscando mujeres que pudieran ayudarnos".

"¿Esa es la razón porque me trajiste aquí?"

Sin muchas ganas, Llewellyn asintió. El sabía que no podía contarle a Alana toda la verdad. Aún no. Pero ella había visto demasiado ese día.

"Nuestro clan se está muriendo", explicó. "Debido a que vivimos en secreto, hemos estado casándonos entre las mismas familias durante años. Pero ya no es sostenible. Ahora, quedan muy pocas mujeres en el clan. Las que viven con nosotros ya se han apareado y tiene pareja. Cuando mi padre, el líder del clan murió, nos pidió a mí y a mi hermano que fuéramos a Cardiff para encontrar a una...una muchacha que pudiera ayudarnos".

"¿Cómo, exactamente, se supone que una muchacha debe ayudarlos?", Preguntó Alana con suspicacia. Se acordó de que el hermano de Lew, Owain, se enojó con Lew por haber traído a Alana. Recordó que era porque ella era una "Arefol". Dada esta información, ella tomó eso como simplemente un "no cambiante".

"Hay un ritual", dijo Lewellyn vacilante. “Se lleva a cabo en la luna llena. Y se requiere de una mujer virgen para llevarlo a cabo”.

"¿Qué pasa en este... ritual?" Preguntó Alana notablemente nerviosa.

Lewellyn miró sus grandes ojos y sintió una punzada de culpa cuando se dio cuenta de que esos hermosos ojos estaban llenos de miedo. Él sabía que necesitaba tranquilizarla. Incluso si lo que haría que ella se calmara fuera totalmente falso.

"Nada de lo que deberías tener miedo", dijo finalmente. "De todos modos, faltan cuatro semanas para que vuelva a haber luna llena. No deberías preocuparte por eso ahora”.

Colocó el trapo empapado en alcohol en su mejilla una vez más. Esta vez, ella no hizo una mueca. En cambio, se quedó quieta mirándolo a los ojos, medio esperando y medio temiendo lo que había visto en ellos la noche anterior. La criatura parpadeante en movimiento detrás de esos ojos. La bestia detrás del hombre.

Pero ahora, no había nada. No había bestia, ni animal; no había otra cosa más que un hombre que la miraba con atención, atendiendo su corte en la mejilla con más ternura de la que nunca había sentido de nadie antes.

"Supongo que debería agradecerte", dijo en voz baja. Él dejó de pasar la tela sobre su corte todavía sangrante y la miró directamente. "Después de todo, salvaste mi vida".

Ella le dio una pequeña sonrisa tímida y Lewellyn pudo ver un pequeño rubor en la mejilla de la joven. Ante esa mirada, esa mirada inocente, podía sentir como todas las restricciones a sus impulsos se desmoronaban.

"Lo haría de nuevo", dijo en voz baja.

Luego, sin pensar, sin esperar a su buen juicio le dijera que era una mala idea, llevándose por el momento, le puso la mano en la mejilla, se inclinó hacia delante y la besó.

Fue suave, delicado, casi inseguro al principio. Pero, cuando Alana comenzó a abrirse hacia él, cuando ella se apretó contra él, Lew sintió que todo control que tenia sobre si mismo se rompía completamente.

Pronto, sus manos estaban anidadas en su largo cabello negro, mientras la presionaba apasionadamente contra la ventana. Cuando ella apretó su pelvis contra él, él soltó un gemido gutural al sentir que su miembro comenzaba a hincharse.

Finalmente, después de lo que le parecieron siglos, pero, en realidad, había sido menos de un día, por fin la estaba tocando. Besándola, sintiendo su largo y suave cabello bajo las yemas de sus dedos.

Ella dejó escapar un pequeño y dulce sonido en la parte posterior de su garganta cuando

Lewellyn sintió una delicada mano moviéndose a lo largo de su torso desnudo. Más sangre se disparo de su cabeza directamente a su ingle mientras ella lo acariciaba. Ella envolvió sus brazos alrededor de él, acercándolo más a ella.

Solo cuando esa mano femenina, pequeña y delicada se movió para deshacer el botón dorado de sus pantalones, la realidad volvió a él como un balde de agua helada. Esta chica no podía ser su compañera. Aún no.

A regañadientes, retiró una mano de su cabello y tomó la mano que lentamente estaba soltando el botón del pantalón por la muñeca. Deteniendo su movimiento.

"No podemos", dijo en voz baja y a regañadientes.

“¿Por qué no?” Preguntó ella. Sus ojos hermosos ojos azules lo miraron y él pudo ver una mezcla de confusión, pasión y un toque de dolor en su expresión.

"Te lo explicaré apenas pueda", dijo rápidamente poniéndose de pie. "Volveré en una hora para traerte tu almuerzo".

Con eso, salió corriendo de la habitación dejando a Alana, confundida y todavía con la excitación a flor de piel, mirándolo fijamente.

www.ingramcontent.com/pod-product-compliance
Lightning Source LLC
LaVergne TN
LVHW090936230826
846093LV00006BA/208